합포만 연가

합포만 연가

도광의 시집

개미

靑馬 유치환 선생 詩 강의

1960년 4월 초 유치환 선생이 경북대학교 국문학과에 부임하게 되었다. 현대문학 전공 교수를 갈망하던 나의 기대는 부풀어 있었다. 유치환 선생의 강의가 있었던 날, 나는 들뜬 기분으로 유치환 선생을 기다렸다.

유치환 선생은 책을 싼 검은 보자기를 들고 교실에 들어왔다. 보자기에 싼 책의 높이가 30센티 정도는 될 성싶었다.

유치환 선생은 책보를 교탁 가운데 놓더니 칠판에 '유치환'이라고 커다랗게 써 놓고는 인문관 둘레에 있는 측백나무를 한동안 바라보더니, "詩란 철없는 아이들이 햇볕이 가득한 마당에서 사금파리를 가지고 노는 놀이와 다름없다"고 말하고는 책보를 들고 인문관 복도를 걸어가던 모습이 그려진다. 청마 유치환 선생 강의는 그것이 나에게는 처음이고 마지막이었다. 이후 몇 번 강의는 했지만 학생들은 청마 선생 강의 시간에는 잔디밭에서 놀았고, 청마는 일 년쯤 계시다가 경북대학교를 떠났다. 후임에는 김춘수 선생이었다. 김춘수 선생 강의 분위기는 청마 선생과는 달랐다. 그런데도 나에게는 "詩란 철없는 아이들이 햇볕이 가득한 마당에서 사금파리를 가지고 노는 놀이와 다름없다"는 유치환 선생의 짧은 시 강의가 60년이 지난 지금까지도 지워지지 않고 남아 있는 것이다.

2022년 초가을

도광의

차례

시인의 말 __ 005

제1부

유년幼年의 봄 __ 013

안지랑이 __ 015

오막살이 __ 017

능선稜線 __ 018

하지夏至 무렵 __ 019

낙홍落紅 __ 020

까치놀 __ 021

분교分校 __ 022

소금쟁이 __ 023

경주에 오면 __ 024

순둥이 기다림 __ 026

분지盆地 사람들 __ 027

동강못 __ 028

음陰 구월 국화 __ 029

첫눈 __ 030

녹우綠雨 __ 031

사위는 것 __ 032

넓적 징검 돌다리 __ 033

종숙 아재 __ 034

제2부

저녁답 __ 037

합포만灣 연가戀歌 __ 039

순환열차 __ 041

쇠비름꽃 __ 042

시비詩碑 선생 __ 043

우수雨水 가까운 절후 __ 044

남풍이여 __ 045

미루나무와 까치 __ 046

곡우穀雨에 __ 047

춘일한春日閑 __ 048

남풍이여 2 __ 049

널평상 __ 050

또 다른 풍경 __ 051

로버트 프로스트 시인께 __ 052

비슬산琵瑟山 슬하膝下에서 __ 053

바람이 구름으로 __ 057

어눌한 말투 __ 058

교언영색巧言令色이면 선의인鮮矣仁이라 __ 059

세월여류歲月如流 __ 060

제3부

누에다리 __ 063

세태世態 __ 064

수밭못 밑 동리洞里 __ 066

정밀靜謐 __ 067

2月이 좋은 것 __ 068

흰구름 소고小考 __ 069

갈꽃 돌아보는 나이라서 __ 070

순진純眞과 유치幼稚 __ 071

입춘立春 __ 072

산까치 혹은 어치 __ 073

오는 봄 가는 봄 __ 074

조종弔鐘 __ 075

대목장大木匠 __ 076

아날로그 시대 __ 077

코로나19 바이러스 __ 078

살바도르 달리의 비누 __ 079

산문 __ 081

발문 _ 구활 수필가 __ 087

제1부

유년幼年의 봄

그해의
늦은 눈이 그치고
남파랑 서해랑길로
幼年의 봄이
경편기차輕便汽車 타고 온다

허겁지겁 달려오다
풀밭에 옷 버린다

種내기야 種내기야
풀밭에 자빠져 와 옷 베리노

죽어라 種내기야 죽어라 種내기야
세상 고생 말고 죽는 게 낫다

그해의

늦은 눈이 그치고

매 맞아 울던 봄이

아지랑이 경편기차 타고 온다

안지랑이

안지랑이 땅은
이끼 낀 바위로 남았다
하이힐로 비탈길 오르는
분꽃 엉덩이 노총각 마음 흔들었다

오리나무 물 오르고
봄바람 살랑이면
겨울 지난 프리지어 향기
가시내 몸내음이다

안지랑이 땅은
앞산 전설이 내려와
청구靑丘 천 년 세월에
임금 왕王 자字 네 개 때문에
안지랑이 땅 펑퍼짐하다

산속 광천수 가득 담고
순후淳厚한 인심 나누는 안지랑이
수수꽃다리 향기에 몸 부풀어
뒤태 비옥해진 가시내
임금 넷 낳고 할머니 되었다

앞산 안지랑 땅은
가슴 뽀얀 아주머니 살았고
화전花煎부쳐 먹으며
봄놀이 좋아한 할머니 살고 있었다

오막살이

바지랑대에 빨래 마르고 있다
보석 같은 햇볕에 송엽松葉 빛난다
울퉁불퉁 모세나무
세월이 배어있다
이엉 이어 올리는 날
눈 오면 복 받는다고
남정네 말하지만
눈은 오지 않았고
돌담 너머 해만海灣이 뿌옇다

능선稜線

술기운 싹 가시고는
문중門中 정각亭閣이 어렴풋하다

달빛 아래 드러내는
화안和顔 같은 상고上古의 능선

시퍼런 칼집에
달빛이 스며드니

이승 봉우리에서
저승 봉우리로
이어지고 있었다

하지夏至 무렵

저물도록 아이 나가서 논다
오뉴월 긴긴 해 집 비어
더부살이 제비 집 봐준다
산천이 동무였던 유년의 땅
나이 먹어도 어릴 적 마음 변함없다
실비 뿌리다 이내 그친다
논물에 잠기던 그림자
벼 쑥쑥 자라 그림자 안 보인다
초록 들판에 초록이 짙어진다
아파트 층이 높아질수록
농지農地 조금씩 줄어든다

낙홍落紅

돌절구 안에 흩어지다

마구간 거름 더미에 흩어지다

까마종이 구형球形의 장과漿果에 흩어지다

꽃복숭아 붉은 꽃잎이 배꼽 밑에 흩어지다

화무십일홍花無十日紅이 요망妖妄한 웃음소리에 흩
어지다

까치놀

살얼음 깔리는 개울가에
까치 몇 마리씩 모여
칠흑漆黑의 언 날개 녹이고 있다
인기척에 불쑥 날아 오르는 순간
수평선 보이는 등 뒤로
까치 날개 퍼드덕이는 죽지에서
놀이 캉캉 치는데
희번덕거리는 빛이 스쳐 지나간다
이것이 석양이 물든 까치놀이란다

분교分校

도랑물
가교사 유리창
목이 없는 갈꽃 들풀
바람이 유린蹂躪하고
야생초 돌멩이에 다친다
비취색翡翠色 하늘은 미루나무
달리는 아이 발을 흔든다
사청乍晴의 그림자
기적소리
강물에 잠겨 어른거린다

소금쟁이

등 검고 배 은색 소금쟁이
연못에 모여 물 위 저어간다

물 마르면 물 많은 데 가서 헤엄치라고
긴 다리에 날개 달아 주었다

연못에 염분 많아져 표면장력 일으키면
물 위 걷고 뛰어다닌다

경주에 오면

경주에 오면 갈증이 난다

나라 안에 가장 오래된
'동해남부시' 동인지가 경주에 있는데
서울 대구에서는 이름이 사라진 지 오래인
'여로旅路' 다방이 경주에는 남아 있는데

왕이 없어도 왕관이 남아 있는데
동리 목월이 없어도 동리 목월 문학관이 있는데

"도기야都祈野 벌판에 갈대가 무성했다
기차가 지나가는 대구행 2백 리
손 흔드는 아이가 기차에 실려간다"

노스텔지어로 형상강에 젖고 있는
정민호 시가 경주에 있는데

경주에 오면 갈증이 난다

순둥이 기다림

바다 보이는 오두막집
눈 반쯤 털로 덮인
순한 순둥이 할매와 산다
딸 사는 통영까지 가려면
배로 두 시간 반 걸린다
초사흘 달이 안 나와
할매 돌아오지 못하면
푸랭이집 죽담에 앉아
긴 털로 눈 가리우고
할매 기다린다
파랑波浪 물결 안 보일 때까지
사위四圍 눈 멀어 안 보일 때까지
순하고 순한 순둥이 할매 기다린다

분지盆地 사람들

남문시장 네거리 시그널 앞에서
교회 첨탑에 가려 앞산 안 보인다
교회당이 없을 때는 보였는데
경북여자고등학교 정문正門 지나
한덕기 안과병원 지나니
앞산이 그리움으로 다가온다
그리움은 앞산 보이는 곳에 자리한다고
그리움은 앞산 가리는 곳에 자리하지 않는다고
그리움은 홀로 있는 자리에 있다고
'그리움은 아무에게나 생기지 않는다고'
앞산 바라보는 분지 사람들이 슬픈 결 띠며 말하고
있다

* '' 박근혜 대통령 말 따옴

동강못*

말풀이 가득했다
실잠자리 말풀에 앉는다
매미소리 요란한 굴참나무 그늘
한나절 열기 눕힌다
못가는 가시덤불 얽히고설키어
이끼로 덮였다

* 동강못은 말풀 잘 자라서 녹갈색 긴 말잎으로 쌀밥 싸서 먹었다

음陰 구월 국화

무더위 끝에
음陰 구월 국화 서늘맞이로 핀다

한가로운 고향 못에도
송어 잉어 안 보이고 베스가 많았다
해바라기 일렬―列로 늘어서서
해 바라보고 있다
읍내 가까운 마을인데
황소 울음소리 들을 수 있다

무더위 끝에
음陰 구월 국화 서늘맞이로 핀다

첫눈

흰빛으로
오예汚穢 씻다
서로 정 느낄 때
가까이 지내다가
모르는 사이로 끝날 수 있다
잘 살았는지
못 살았는지
멀지 않는 거리에 있었건
가까운 거리에 있었건
약간은 못 미치는 거리에 있다

녹우綠雨

초록빛 띨 무렵 내리는 비
후박나무 잎 넓은 가지에
마음 하나 미끄러지다
마음 하나 빗소리 채우고 돌아오다
초록에 미끄러지는 빗방울
아라베스크 오수午睡에 스미면
초록잎이 아취형으로 늘어져
초록이 빗물에 씻겨간다
빗줄기에 긁힌 회상의 물결소리
추억의 한 장면이 보인다

사위는 것

담 없는 상엿집
희빈 장씨 사약賜藥으로 쓰인
녹색 꽃 천남성 뱀 대가리 쳐들고 있다
냉이꽃 하얗고 꽃다지 바위 덮어 노랗다
우리 꽃은 작고 여려 죄 잘다
회나무에 낮달 걸리고
경칩에 빗구슬비 내리고 나면
싸리 울타리에 봄 움튼다

넓적 징검 돌다리

동강東江 수유리水流里
옛집 여남은밖에 남지 않았다

시멘트 다리 놓이기 전
계전리 가는 도중途中에
넓적 징검 돌다리 놓였다

계전리 사는 분이粉伊 건너던
넓적 징검 돌다리
눈 소복소복 쌓였다

넓적 징검 돌다리 없어지고는
한량없는 인정人情도 사라졌다

종숙 아재

얼갈이배추 심으러 가다가
부침개 막걸리에 또 어중간해진다

강냉이 겨드랑 주머니 옆
행랑 같은 수염 단 잎사귀
무명 적삼 스치는 소리에 와삭거린다

이삭 달린 밭고랑에 엎어져
낮거리해야 낟알 굵는다고
낮술에 불콰해진 종숙 아재
마을에서 볼 수 없다

제2부

저녁답

저녁상 마주하는 시간이면
영태 부르는 어메 긴 목청이 저물어 간다.

실안개 끼고 삭정이 울타리에 널린 빨래가 가난 물
들이는 혼혼昏昏한 봄바람이 삼봉이 종달이를 떠나게
했고, 영태로 전답田畓을 팔게 했다.

마을 떠난 사람에겐 슬픔이 없었다.
돈 번 소문 안고 마을 찾아도 영태는 소식이 없었
고, 영태 집 마당을 지나는 봄바람에 산수유꽃이 피
고, 돼지풀 명아주풀이 흔들리고 있었다.

마을은 종가대대宗家代代로 조씨문중曹氏門中이 살
아왔다. 영태가 마을 떠난 지 오래되어 영태 얼굴 아
는 이 없어도, 오리목 산그늘이 마을 쪽으로 잠기고
어둠살이 끼는 저녁답이면, "망골밭에 영태야" 영태

를 부르는 어메 긴 목청이 아직도 저녁 아이 부르는
상床머리에 남아 아득히 들려오고 있다.

합포만灣 연가戀歌

연상年上을 잊지 못해
포장지에 쌓인 달콤함 추억한다고
한량없는 마음 손글씨로 알렸더니
성애性愛 정경情景이 어른댄다

탐耽했던 연상 잊지 못해
옛 주소로 편지 보냈더니
거짓인 양 답장이 왔다
눈이 오지 않는 남쪽 바다
함박눈 온다고 답장이 왔다

북마산 근처 회원동 언덕
함박눈 오는 날 만나자고
답장이 왔다

오늘 밤은 다감한 성애性愛로

돈섬이 보이는 합포만이

함박눈 오는 탐련耽戀에 잠긴다

순환열차

대구 마산에서
진주 돌아가는 열차 안은
광주리에 담긴 봄나물이
남도 사투리에 섞이어 왁자지껄하다
선반懸盤에 얹어 둔
달걀 꾸러미 낮잠에 흔들리고
느릿느릿 달리는 기적소리에
다도해 가까운 바람이
하얀 모래 파란 강물이
입맞춤한다고 발돋움한다

쇠비름꽃

삶이 고달파
새벽에나 볼 수 있을지 몰라

설움이 북받쳐 목메이는
주름살인지 몰라

도톰한 잎 사이로
고개 내민 노란 쇠비름꽃

시비詩碑 선생*

선생 앞엔 파랑 못물이
상큼한 입맛으로 함박눈 받아먹고 있다
선생 뒤엔 아이스크림 콘 닮은
낮은 산들이 함박눈 맞고 있다
우산 펴든 커플 연인들이
함박눈 맞고 있는 선생 앞에서
키스하고 키스하고 키스를 하고 있으면
선생은 함박눈 맞으며 웃고 계신다

* 시비詩碑 선생은 수변공원에 있는 시인 전상렬 선생 시비임

우수雨水 가까운 절후

낙동역에 열차 지나면
강물에 잠긴 그림자
무뚝뚝한 사내 비치고 있다
남녘 꽃소식 실려와도
어룽진 강물 위로 여자 지나갈 때도
그림자 동요 없었는데
우수 가까운 아침
강물에 잠긴 그림자 설레이고 있음은
무뚝뚝한 사내에게 봄이 감돌고 있음인가
우수 가까운 절후인데

남풍이여

알싸한 찔레순 꺾어 먹고
늘컹늘컹한 배추 꼬랑이 잘라 먹고
졸깃졸깃한 송기松肌 벗겨 먹고
서러운 섣달 보내고 나니
보리 여무는 소만小滿 성큼 다가와
해산한 아내 몸 풀어주던
남풍이여

미루나무와 까치

삼월은 잎 없는 미루나무 사이로
까치 드나드는 모습 보인다

사월은 잎 나오는 미루나무 사이로
까치 드나드는 모습 흐릿하다

오월은 잎이 무성한 미루나무 사이로
까치 드나드는 모습 안 보인다

높다란 미루나무 꼭대기에서
덩그런 까치집이
이런저런 풍경을 기우뚱 내려다본다

곡우穀雨에

곡우에 내리는 비
곡식 기름지게 한다
곡우에 가물면
땅이 석 자 마른다

봄, 여어어름~ 갈, 겨우우울~
짧은 봄, 긴 겨울

봄이 빠르게 흘러가는 곡우 즈음에
아버지 논둑에서 나를 바라보고* 있었다

* '바라보고'는 '보고'와는 다르다
  바라보고는 마음속으로 보다의 뜻이다

춘일한春日閑

따르릉 따르릉 딱따구리 구멍 뚫는 소리
까아악 까아악… 까마귀 적막 깨는 소리

쪽마루 동바리 제법 높다
신발 두 켤레 놓임새 서로 다르다
여자 분홍 꽃신 가지런하다
남자 검정 갖신 후다닥 벗은 티 난다
어지간히 급히 방에 들어간 모양이다

장독간엔 살구꽃이 흐드러졌고
방 안에 벌어지고 있는 광경 볼 수도 들을 수도 없
다

남풍이여 2

바다 건너 불어오던
남풍이여

윤潤나는 미루나무 일렁임이 하늘에 닿아
만신이 녹는 듯한 아픔으로
아내 몸 풀어주던
남풍이여

바람난 계집이 헛된 나날 보내고 나니
부끄러운 알몸으로
당신 앞에 설 수 없습니다

　미루나무 높이에서 자지러지게 울어쌓던 까치 놈
이
　요사이는 감나무 높이에서도 울지 않는다

널평상

일 마치고 쉬다 가는 널평상
술 마시며 목소리 높여 다투면
아주머니 아이스케이크 입에서 쏙 빼며
"싸우지들 말어 좋은 술 마시며 왜들 그려?"
금세 다투는 소리 사라진다

음식 기준으로 말하면
어린이 어른 야단치는 격이다

또 다른 풍경

느티나무 아래서
계집애들이 사내아이 앉혀놓고
개밥 먹이고 있다
옛적엔 딸이 아들 누웠는
발치도 못 타넘게 했는데
개밥 먹이고 있다
이런 풍경이 내 눈에는
북극 그린랜드에서
세상에 가장 맛있다는
바다코끼리 허파 구워놓고
얼음판 위에서 벌이고 있는
만찬晩餐으로 보인다

로버트 프로스트 시인께

눈이 와도

티티새 우는 데리농장에는

눈 쌓이지 안는다

자작나무 한쪽 숲이 바람에 쏠린다

먼 길 걸어온 나그네

불빛 희미한 문 밖에서

"오늘 하룻밤 자고 갑시다" 말한다

방 안에 불 켜지고

두 사람이 문 열고 나와

"우리는 결혼한 지 삼 개월밖에 안되는 신혼부부예
요"

돌아서는 나그네 등 뒤로

인동忍冬 잎이 파랗게 보인다

비슬산琵瑟山 슬하膝下에서

동지 지나면 해 길어지고 다시 봄이 온다. 우리 삶도 이어진다.

1월은 수십만 번 지났건만 한 해는 아직 요람에 누워있다.
금호강에 어리는 달빛이 고요 속에 잠겨있다.

2월은 북에서 찬바람 불고, 남에서 까치 짝짓기하기 좋은 산들바람 분다. 이따금 소소리 바람 불고, 분지盆地에 눈이 내려 마음 소소명명昭昭明明 하얘진다.

3월은 영등 할매 내려왔다가 하늘로 올라가는 달이라 바람이 많다. 언땅 녹고 오리나무 버들에 물오르고, 병상에 누웠던 태양이 난롯가에 앉았다.
김춘수 선생은 "샤갈의 마을에는 3월에 눈이 온다"고 했다. 봄이 다가오고 있는데 눈이 내린다는 아이러니컬한 정경을 배경으로 사나이 마음의 동요를 그리고 있다.

4월은 게으른 여자가 하품을 하고 가난한 사람 왼쪽 뒷주머니 불룩해 약간은 우스꽝스럽다.

5월은 눈짓하면 모든 것들이 활짝 피어난다. 가느다란 소맷자락 수놓았다.
캘린더 색깔이 푸르름으로 변하고, 시간은 라일락 물결 속으로 가라앉는다.

6월은 여섯 편 시를 쓰자마자 반년이 후딱 지나가버렸다. 옥수수 수염이 나고 달콤 새콤한 버찌 익어간다.

7월은 승용차가 길 찾아 야단법석이다. 휴가 떠나는 선글라스 보고 "교언영색巧言令色이면 선의인鮮矣仁"이라고 공자께서 탓할까마는 시끌벅적한 방문객이 비와 천둥을 몰고 온다.

8월은 그늘을 늘이며 매미가 운다. 해바라기 일렬
一列로 늘어서서 웃는 얼굴로 울타리 위에서 더위를
내려다본다.

9월은 파란 자두빛 푸른 사과빛 너희와는 이제 작
별이다. 고추잠자리 날아다니고 줄무늬 하얀 억새 나
부낀다.

10월은 잎들이 가지에서 멀어져 가고, 국화는 피
었다. 추위에 떨면서 시간은 산책을 떠난다.
두보杜甫께서는 평생 병을 지닌 몸으로 만리타향에
서 가을 슬퍼하면서 늘 나그네 신세 되었다.

11월은 회색 베일 두르고 있다. 나뭇잎 물에 떨어
져 썩어 검어진다. 숲이 울고 색깔이 죽었다.

12월은 많은 일이 일어났다. 소홀히 여긴 일도 많
았다. 바보 같은 시인은 꿈 계단 밟고 올라와서 초록
꿈을 꾸기도 한다.

비슬산 슬하에서 살아가는 분지盆地 사람들이여, 12

월 다음에는 13월이 와야 하는데, 12월 다음에는 1월이 오네요. 우리 함께 원을 그리며 여행을 떠납시다.

바람이 구름으로

바람이 구름으로
산등성이 넘으면
나무 그림자 잠든다
가로등 불빛이 취기醉氣로 얼룩지면
돌아가는 발걸음 뜸해지고
수척한 그림자 안 보이고
허전한 발걸음 남아야 한다
바람이 구름으로
산등성이 넘으면
가로등 그림자 곤히 잠든다

어눌한 말투

"노간주나무 새로 헐무리한 집이 화자집 앙이가?"
"맞다 맞다 갈밭 한실댁 화자집이다"
"아파트에 가려 내사 모르겠다"
"엄나무 섰는 집이 화자집 맞다"

치마저고리 입고 고무신 신고
안산案山에 올라 마실 내려다보며 주고받는 말이다

인터넷 디지털 고감도 시대에
실없고 어눌한 말투에
왠지 마음이 평온해진다

교언영색巧言令色이면 선의인鮮矣仁이라

공자께서 싫어했던 말이 교언영색이다

사실을 이야기하지 않고 상황 따라 입장 바꾸는 일이다. 어지러운 시대에 살아남기 위해 진실을 말하지 않고 거짓 일삼는 지식인 모습에 진저리쳤다.

권력자 앞에서 배운 것 굽혀 아부阿附하는 곡학아세曲學阿世 자들에게 질려버렸다.

하현달 위로 원 그리며 테두리는 밝아지지만 안이 텅 비어 버린다.

포퓰리즘으로 빚더미에 놓인 나랏돈 마구 쓰는 것은 독이다. 털끝 하나 병들지 않는 것이 없다. 몰염치병이 퍼져서는 안된다. 땅에 떨어진 인간에 대한 믿음을 되살리기 위해 인간만이 가진 도덕적 능력을 회복해야 한다고, 쉰 하나에 절망 딛고 일어선 깨달음을 '논어 고금주'로 정리한다.

세월여류歲月如流

춥다 덥다 말하다 보니
일년 금방 지나간다
성질 까탈스러우면
대낮에 얼굴 거미줄에 걸리고
한쪽으로 뻗은 가지에 눈 찔린다
식탁에 모여 자주 입 놀리면
남해 오동 마을에 자생하는
앉은뱅이 밀 가치 모른다
사쿠람보 빨간 추억이 익는다

제3부

누에다리

수밭못에 누에다리 놓았다
월광수변공원月光水邊公園에 가려면
누에다리 건너야 한다
구불구불 다리 위로 걸음 옮기면
까치봉 높이로 플래티나 구름 지나고
오리나무 십 리 길 수밭고개 보인다

종일 못물 찰랑이는
산 가까운 수밭못 밑 동리洞里
눈이 지붕 희게 덮고
누에다리까지 덮이면
박 속같이 고운 마음 모여 사는
소박素朴한 마을이 된다

세태世態

계집애 리본에 매달린
희고 붉은 페츄니아 보고는
굴뚝새 놈이
눈알 또랑또랑 굴린다

7, 8년 전만 해도
바위틈 헛간에 숨어 지내다
까치밥 따러 다니는
발자국 소리에도
화들짝 도망갔다

이즈음 와서는
바위틈 헛간에 살던 놈이
아파트 작은 나무에 앉아서
달음박질하는 계집애 리본에 매달려
팔랑대는 페츄니아꽃을 보며

가까이 가도 꼼짝 않고

눈알 또랑또랑 굴리고 있다

수밭못 밑 동리洞里

아파트 공터에 남새밭 만들었다
김노인도 뙈기밭 일구었다
푸슬한 땅에 푸성귀 자라면
물 주고 풀 뽑는 일이 소일消日거리다
여름 내내 촉규蜀葵 붉은 물 들었다지만
늙도 젊도 않는 여자 모여 앉아
남새밭 푸성귀 판다는 소문 듣고
김노인의 흙빛 얼굴 아는 이 없다

정밀 靜謐

이슬 머금은 상추 다발에
달팽이 기어 나온다
낮은 땅 향해 피는
남자색 가지꽃
몸 낮춰야 볼 수 있다
목마른 손자 지후에게
따 준 오이
노란 꽃으로 피었다

2月이 좋은 것

교언영색巧言令色이 아니고
강의목눌剛毅木訥이기 때문

종로 〈한국의집〉 은행나무 아래서
〈HOTEL 2月〉 바라보며
수제 맥주 맛볼 수 있기 때문

제주 애월에서 백금반지 끼고 도는
백록담 둘레 볼 수 있기 때문

요코하마항 뒤로 뿌유스름한
후지산 볼 수 있기 때문

먼 산에는
산까치 발목에 묻어 있다는
잔설이 남았기 때문

흰구름 소고小考

고향 우륵산에 비 묻어오고
천둥 번개 칠 때면
헛간 수레 밑으로 숨었다
비 그치고 흰구름 감돌면
우륵산 평원 영역塋域에 누워보면
여름 캄캄해지고
흰구름 사라지고 먹장구름 드리우면
갑자기 슬픔이 인다
나는 지금도 그 뜻을 확실히 알지 못한다
그것을 알아가는 과정이
나의 나머지 삶이라고 본다

갈꽃 돌아보는 나이라서

갈꽃 돌아보는 나이라서
물에 빠진 잠자리 살려낸 것이다
무밭에 물 주려는데
잠자리 물 위에 떠 있기에
납작한 돌 위에 얹어 놓았다
물 두세 차례 주고 살펴보니
잠자리 없어졌다
어릴 때 잠자리 날개 찢었는데
나이 들고 세상 보는 눈이 달라져서
잠자리 물에서 건져올린 것이다
갈꽃 돌아보는 나이라서
잠자리 물에서 건져올린 것이다

순진純眞과 유치幼稚

눈길 *끄는* 낱말이 Childlike와 Childish다
차일드라이크는 순진, 차일디시는 유치다
차일디시를 어른께 쓰면 모욕 뉘앙스 스민다
세상 약삭빨라질수록 순진 간직해야 맛이 난다

김상기 학과장이 이양하 교수 소개紹介 때
수도원에서 방금 나온 순진한 얼굴이었다

입춘立春

옛날 사람은
입춘이 왔다고 쌀독이 빈 집에
쌀 몰래 넣어 둔다든지
떠내려 간 징검다리 고쳐 놓는다든지
적선積善 하나쯤 했다고 한다

얼음 덜 녹은 물에
물오리 노는 것 보고
"오늘이 입춘이제"
"아직은 발 시럽겠다"
서로 주고받는 말에
버석버석한 세상에
적선 하나 되겠다

산까치 혹은 어치

산까치라 부르는 갈색 어치
낮은 가지 옮아 다니며
짝짓기하는 소리
중년 여자 앓는 소리 흡사하다
낮은 가지에 앉아
짝짓기하는 소리
만하晚夏 빗소리에 묻혀 푸르러
후박나무 푸르름의 적막에 묻혀
앓는 소리 안 들린다

오는 봄 가는 봄

오는 봄 가는 봄 본다
축복은 신의 몫이라지만
불행은 누구의 몫으로 남아
갈증의 긴 그림자 드리우며
피곤한 발자국 남기고 가는가
미수米壽 바라보는 봄의 한때
처연히 지는 꽃을 보며
상장喪章처럼 울고 있는
오는 봄 가는 봄 본다

조종弔鐘

눈이 내린다
눈물의 눈이 내린다
눈물의 눈이 외로이
크라이오닉스* 정령精靈을 잠재운다

눈이 내린다
눈물의 눈이 내린다
눈물의 눈이 내리는 밤엔
눈물이 고체로 말라
한 마리 얌전한 요크셔테리어가 된다

* cryonics : 인간이나 생물을 얼음처럼 얼려서 냉동 보관하는 것

대목장大木匠

마른 벽에 못 힘껏 친다고 못 잘 들어가지 않는다는 것 안다

바람벽이 버석해도 타마유油 바르고 못 박으면 잘 들어간다는 것 안다

장마 끝나고 벼락치던 마당에 말목末木 박으면 쑤우욱 들어간다는 것 안다

강둑에 자란 버드나무 나이테 보지 않고 나무 깎고 다듬는 끌 촉감으로 고향과 나이를 안다

여자 헐거워진 복부 죄는 레깅스 입고는, 남자가 여자 밑에 슬슬 기고 있는 요즘 세태에는, 찐득한 엔진 오일 발라야 야문 콘크리트 벽에 못 들어간다는 것 안다

아날로그 시대

종숙은 아날로그 시대 살다갔다
찔레 봄부터 밀짚모자 여름까지
퍼시 비시셸리 『서풍부』 가지고 다녔다

아날로그 시대는 보리밭에 바람 불면
마네킹에도 피 돌았는데
디지털 시대는 보리밭 종달새 안 보이고
노고지리 우는 공중에 길 끊어지고
만나고 헤어지는 훤소喧騷만 있다

논둑 밭둑에 울리는 휴대폰 소리
보라 분홍 오렌지 헤어컬러에
코에 혀에 눈썹에 배꼽에
피어싱하는 시대 안 보고
맵싸한 저녁연기 마당에 깔리는
아날로그 시대 살다갔다

코로나19 바이러스

유리창에 진회색 시트지 발랐지만
매에 쫓기던 꿩이 날아와
유리창 깨트리고 죽는다

보洑 시멘트 바닥에 떨어진 두꺼비
못에 오르지 못하고 죽는다

세례자 요한의 경고를 묵살한 대가代價로
코로나19 바이러스에 병들고 있다

해양 오염으로 생물이 죽어가도
인간 욕심은 멈추지 않았고
지구 온난화 탓이라고 거짓말했다
인류는 고열 앓는 중이다

살바도르 달리의 비누

초현실주의자 살바도르 달리가 만든 비누는
발리 해변의 코코넛 오일
자바산 기슭의 팜유油
산에서 호수에서 부는 한 줌 바람
은하에서 떨어진 극소량 별빛이 스며들어 있다

살바도르 달리의 마술로 만든 비누에는
여자는 대화가 통하는 남자를 꼽았고
남자는 섹스가 통하는 여자를 꼽았다

대화든 섹스든 여자가 남자가 원하는 것은
여자 남자 사이 친밀한 관계 맺기고
남자 여자 사이 불편한 감정 해소하기다

살바도르 달리의 아이디어로 만든 비누에는
노란 거품이 비참한 생활의 걱정 덜어주고

하얀 거품이 더러운 욕망의 때 씻어준다

오래간만에 몸이 마음이 홀가분하다

산문

고향집 감나무

노벨문학상 수상 소감에서 아일랜드 시인 셰이머스 히니는 방 세 개짜리 초가집에서 보낸 어린 시절이 나의 문학 세계에 큰 영향을 줬다고 말했다.

고향집에는 과실나무가 많았다. 산수유는 대청 앞 우물가에 있었고, 감나무는 집 안팎을 덮어서 봄부터 가을까지 마을 사람들의 휘치터가 되기도 했다. 어린 날은 과실나무 성장의 꿈속에서 보내게 되었다. 봄 햇살 아래 만발한 홍도화에는 꿀벌이 윙윙거렸고, 돌담에 핀 이스랏이 아우성치듯 골목길을 환하게 비춰 주고 있었다. 달이 밝아 배꽃 아래 외로이 서보면, 성결聖潔하고 연연姸姸한 꽃의 정령들이 사방에서 쏟아져 나올 것만 같았다. 과목果木들의 꽃잔치가 끝나면,

우리집 안팎에는 감꽃이 한창이다. 젖꼭지처럼 매달려 있다가는 며칠만에 시나브로 떨어지는 황백색 감꽃이 잠자고 나면 수북하게 떨어져 있었다. 감꽃을 꿰미에 꿰어 목걸이를 만들었다. 그럴 무렵 논에는 볏포기가 땅내음에 살이 오르기 시작하고, 감나무는 잎사귀마다 윤기로 번들거렸다. 아이들은 "벌이 오줌을 쌌다."고 말했지만 꿀 냄새 나는 꿀물이 번들거리는 잎사귀를 따다가는 혓바닥으로 핥아 먹었다. 굵직한 풋감이 떨어지면 단지에 며칠간 담가 두었다가 떫은 맛을 삭여서 먹을 때가 되면 감나무 가지엔 홍시가 드문드문 생기어 가슴을 애태웠다. 추석에 홍시가 차례상에 오르게 되고 들판엔 벼가 누렇게 영글어가며 산에는 송이버섯, 상두버섯, 국수버섯이 한창일 때 감의 대향연은 시작된다. 학교에서 돌아오기가 무섭게 감나무에 올라가서 가지에 걸터앉아 잎사귀 속에 숨어 있는 홍시를 장대 끝에 달아맨 올가미로 따 먹던 홍시맛, 서리가 몇 차례 내리고 잎사귀에 힘이 빠지면, 아버지께서는 나무에 올라가 장대로 한 개씩 가지째로 또옥 또옥 꺾어서 밧줄을 단 망태에다 넣으셨다. 아버지께서는 얼마는 곶감을 만드셨고, 얼마는 궤짝에 갈무리하시어서 이듬해 봄까지 두고두고 연

시를 먹을 수 있었다. 돌감나무, 또아리감나무, 반시 감나무, 두리감나무. 감나무 이름을 아직 잊지 않고 외우고 있다. 그동안 세월이 흘러 옛 과수원은 남의 손에 넘겨졌고 우리는 도회지로 이사를 했다.

추석날인데도
우리는 고향엘 못간다
거제도에서 온 이씨는 차표를 못샀고
해당화 피는 명사십리가 고향인 김씨는
고향에 가고 싶어도
갈 수 없는 곳이다
소득은 높아가는데도
보름달은 창백해진다

30대 전후, 고향을 떠나 객지 하숙방에서 읊던 詩 다.

성장의 과실나무와 함께 자라온 내 유소년의 꿈이 내가 읊던 詩처럼 퇴색해 버렸다. 감을 딸 무렵의 우 리집 경치-전설에 얽힌 갑바위가 멀리 바라뵈는 무 학산 팔공산 등지고 가지가지 과실나무에 파묻힌 외

딴집, 그 경색景色은 나에게는 소무릉도원이 아닐 수 없다. 시골에서 자란 사람이면 가을 하늘을 배경으로 빨갛게 익어가는 감을 본다. 도시에서도 청과시장에 가면 감을 얼마든지 살 수 있다. 귀할 것도 대수로울 것도 없는 평범한 과실임을 알고 있다. 옛날 우리집 감나무 잎사귀의 미혹함에 이끌려 장독간에 떨어진 잎사귀의 수줍은 빛깔의 아름다움을 오랜 세월 동안 보아온 이는 그리 많지 않을 것이다. 내 가슴 안에 새겨져 있을 영원한 미를 향한 동경의 원천이리라.

울타릿가 감들은 떫은 물이 들었고
맨드라미 접시꽃은 붉은 물이 들었고
고향 떠난 나는 무슨 물이 들었는고

아득히 흘러간 세월 너머의 고향을 그려보며 중얼거려 본다.

내 친구 도광의 시인

볼일 보러 서울 딸네 집에 갔다가 문간의 아침 신문을 집어 들었다. 문화면을 펼치니 '어라, 이것 참' 친구의 시가 해설을 달고 큼지막하게 실려 있지 않는가. 너무 좋아 읽지도 않고 전화부터 걸었다.

오랜만에 고향에 갔다
간밤에 마신 술 탓에
새순 나오는 싸리 울타리에
그만 누런 가래 뱉어놓고 말았다
늦은 귀향길 안쓰런 마음 더해가는
고향 앞에서 나는 또 한 번 실수에
무안(無顏)해하는데
때마침 철 늦은 눈이

내 허물을 조용히 덮어주고 있었다

— 도광의 시 「이런 낭패」 전문

  광의 형은 오십여 년이 넘는 시력(詩歷)의 시작보다
먼저 고향을 떠났지만 마음은 아직 고향 언저리를 벗
어나지 못하고 있다. 그와 나는 대구에서 육십 리 떨
어진 하양과 와촌이란 시오리 정도 상거한 곳을 고향
으로 두고 있는 동향이다. 내 고향 하양(河陽)은 팔공
산 아랫도리의 무학산(舞鶴山)을 베개처럼 베고 있는
고장이며 와촌(瓦村)은 그 산을 홑이불처럼 걸치고
있는 동쪽 기슭(東麓)의 아름다운 마을이다. 그러니
까 우리는 남동쪽 '산치거리'에서 다리를 뻗고 누워
있는 형제 같은 친구다.

  광의 형은 할아버지가 물려준 싸리 울타리를 둘러
친 능금밭 한 뙈기에 이름을 올려놓고 있는 '할배 찬
스'의 주인공이다. 나는 그 산 밑에 아버지 묘소밖에
없는 '아빠 노찬스'의 텅 빈 하늘을 그리워하고 있는
한량이다. 하양 장날 고향에 가게 되면 싸리 울타리
도 없는 시장 바닥 맨땅에 하얀 가래라도 뱉어놓고
비 오기를 기다려야겠다.

  그와 나는 아무리 못 만나도 한 달에 한두 번은 만

난다. 그럴 때마다 광의 형은 고향 이야기를 초가지붕 추녀 구멍을 들쑤셔 참새 잡아내듯 이 마을 저 마을의 묻혀있는 옛 얘기들을 끄집어낸다. 그냥 옛날에 있었던 일들을 이야기만 하는 것이 아니라 그걸로 쓴 시를 외우며 혼자 킥킥거리며 즐거워한다.

그는 우륵산 밑 방그리이 마을과 계전리 달음산, 픅진이 마을과 소미기골의 숨은 얘기들을 옴니버스식으로 엮어 옆 사람 옆구리 찔러가며 들려준다. 그 중에서 가장 재미있는 것은 짝사랑 이별로 끝난 분꽃 같은 분이 이야기다.

분이(호적의 이름이 영자인가?)는 경북여고 3학년 때 "이쁠 때 시집을 가야 한다"는 부모의 윽박지름을 이겨내지 못하고 졸업을 앞두고 결혼을 하게 됐다. 예식은 와촌의 분이 집 마당 차일 밑에서 신랑 신부 맞절을 하면서 치러졌다.

광의 형은 스물두 살의 대학생이었다. 분이에게 "내 너를 좋아한다"는 말 한마디 못한 채 냉가슴을 앓으면서 밤새도록 쓰다가 지운 축사를 읽어야 했다. 분이 남편 되는 이는 광의 형의 속마음을 알아차렸는지 축사를 해 주어서 고맙단 인사도 없이 어둠살이 끼자 분이를 데리고 신방으로 들어가 나오지 않았다.

다음날인가 그 다음날인가, 그때까지 마음의 끈을 다잡지 못하고 있던 광의 형은 동강못 둑을 어정거리며 걷고 있었다. 그때 맞은편 눈 내린 둑길 밑에 분이가 찾아와 말을 더듬거리며 벼르고 벼른 말 한마디를 던지고는 왔던 길로 되돌아 가버렸다. "경준(광의의 아명)아, 너를 만날 만큼 나는 이제 순수하지 못하다."

광의 형은 시작조차 하지 못한 짝사랑의 끝을 만난 날 이런 시를 썼다. "무학산에 서설이 내리면 봄이 길었다/ 어머니 친정 다니실 적엔 백 리 바깥도 아득한 산등성이었다/ 분이 시집가던 날 한 닷새 눈이 왔다/ 천지가 눈으로 앙앙 울어댔다/ 첫날밤 눈이 붓도록 울고/ 읍내로 시집간 분이는/ 한 번도 친정에 오지 않았고/ 무학산에는 서설이 내리지 않았다"(시 「무학산을 보며」 전문)

분이 시집가고 난 뒤부터 내리지 못한 눈은 수십 년이나 늦은 귀향길 싸리 울타리에 뱉은 누런 가래를 덮어주기 위해 내렸나 보네. 분이를 대신한 서설이 오랜만에 고향을 찾은 경준이 집 능금 밭 울타리를 덮어주었네. 그 눈은 맘속으로 그리워했던 타인이 되어버린 남자의 처진 어깨를 다독여 주지 않았나 싶다. 세상에 이런 걸 사랑이라고 해야 하나.

프랑스 작가 버나드 쇼는 36세 때 45세의 엘렌 테리라는 당대 최고의 여배우와 한 번도 만남이 없는 연애를 했다고 한다. 두 사람은 걸어서 20분 거리에 살면서도 만나지 않았다. 그러면서도 "나는 흥분해서 잠들 수가 없어요. 보통 남자가 그런 건 여자 때문이지만 내가 그런 건 당신 때문이지요"라는 편지를 보내기도 했다. 와촌 동강 마을 분이와 경준이도 손한 번 잡아보지 못한 짝사랑만 하다가 순수를 패대기쳐버린 이런 것도 연애인가 혹은 사랑인가.

광의 형을 생각할 때마다 나는 한 그루 은행나무가 생각난다. 은행나무는 나무로 태어난 후로 한 번도 변하거나 진화하지 못한 원시 그대로의 나무다. 동물도 식물도 심지어 햇볕이나 바람까지도 시속에 따라 변하거늘 하물며 사람이 신식 바람에 물들지 않고 원형 그대로 버티고 있다는 것은 여간 어려운 일이 아니다. 광의 형은 그것을 용하게 이겨내고 있다.

그도 물론 사람이기 때문에 더러는 세속의 때가 묻었겠지만 그때는 우리 같은 사람이 뒤집어쓰고 있는 공해에 찌든 때와는 사뭇 다르다. 우리의 때가 씻어도 씻어도 잘 씻기지 않는 기름때라면 광의 형의 그

것은 타작마당에서 잠시 덮어쓴 나락 먼지와 같은 것이어서 웃옷을 벗어 툴툴 털어 버리면 이내 깨끗해질 그런 것이 아닐까.

작가들 중에 글을 쓸 때 아예 컴퓨터는 버려두고 뭉툭 만년필이나 연필로 글을 쓰는 이들이 더러 있다. 광의 형이 그렇다. 그는 모조지에 인쇄된 이백 자 원고지에 볼펜으로 꾹꾹 눌러 시를 쓴다. 인터넷도, 카카오톡도 심지어 문자 보내기도 안중에 없다. 아예 배우지를 않았다. 그의 머릿속에는 오로지 시뿐이다. 그래서 나는 광의 형을 진화를 거부하는 은행나무 같은 사람이라고 부른다.

광의 형의 다섯 번째 시집 상재를 앞두고 발문을 쓰며 그와 함께 지내면서 뭔가 재미있었던 일이 없을까 하고 곰곰 생각해 본다. 처음 만난 날 첫날밤을 사창가의 좁은 방에서 소설가 김원일과 광의 형 그리고 나까지 세 사람이 함께 잠을 잤던 옛일이 문득 떠오른다. 어쨌든 광의 형은 첫날밤과 관계가 깊은 사람이다. 분이의 첫날밤도 그렇고 나와의 인연도 그러하다.

기온이 영하 10도 이하로 곤두박질치고 있는 어느 겨울밤, 나는 또 열차를 놓쳐 고향집으로 돌아가지 못하고 목로주점 돌체에 앉아 있었다. '오늘 또 다다미방에 누워 바람이 우는 소리를 듣다가는 얼어 죽겠제' '추워도 우야겠노, 잠잘 곳이 없는데' '가자, 좋은 생각이 있다. 여기서 나가자' 원일이가 앞장서서 간 곳은 칠성동 철도 건널목 주변 해방 골목이라는 창녀촌이었다. 대문에 들어서기 바쁘게 나처럼 키 큰 낯선 사내가 군데군데 살얼음 끼어있는 마당으로 맨발로 뛰어나왔다. 그는 다짜고짜 긴 팔을 벌려 나를 끌어안았다. '니 활이제, 내 광의다 도광의다' '그래 광의가, 니 키도 내만치 커네' 그날 밤 광의를 만난 인연도 나중 내 문학이 되었다.

광의 형도 원일이처럼 처음 만났지만 전혀 낯설지 않았다. 고향이 가까워서 그런지 광의 형은 태어나기 이전부터 구슬치기나 땅따먹기를 함께 했던 사이처럼 느껴졌다. 우리는 요즘도 영혼이 컬컬해지는 황혼녘에 만나면 시원한 막걸리로 목을 축이며 옛얘기를 나눈다. 며칠 전에도 그는 이렇게 말했다. '활아, 인제 친구라고는 니밖에 없다. 원일이는 서울에 있으니 자주 만날 수가 없고, 지홍이는 벌써 저승에 가버렸으니 말이다' 정신 차려 새겨보니 우린 너무 멀리 달려와 남은 구간이 얼마 남지 않았단 말로 들렸다.

그날 우리가 찾아간 해방 골목 그 방은 청구대 학보사 기자들이 사글세로 얻은 야간 편집실이었다. 아침 요기는 편집실의 젊은 기자들을 좋아하는 아가씨가 끓여 온 콩나물 갱죽으로 때웠다. 약간 모자라기는 하지만 마음씨 고운 그녀는 긴 밤 손님이 없는 날은 야참을 들고 오는 등 밤늦게까지 일하는 기자들의 뒷바라지를 잘해 준다고 했다. 비록 몸을 파는 창가의 소녀지만 날개를 다친 천사임이 분명했다.

　광의 형의 말대로 문학을 공부하는 또래 친구들은 아무도 없다. 오로지 광의 형뿐이다. 이제 더 늙을 게 없고 더 젊어질 이유도 없다. 하늘이 우리를 부를 때까지 막걸리나 마시면서 '우물쭈물 살다가 내 이럴 줄 알았다'고 말해야 하나.

개미시선 073

합포만 연가

1쇄 발행일 | 2022년 10월 05일

지은이 | 도광의
펴낸이 | 정화숙
펴낸곳 | 개미

출판등록 | 제313 – 2001 – 61호 1992. 2. 18
주소 | (04175) 서울시 마포구 마포대로 12, B-103호(마포동, 한신빌딩)
전화 | (02)704 – 2546
팩스 | (02)714 – 2365
E-mail | lily12140@hanmail.net